아픈 만큼 싹튼 봄빛

이 도서의 국립중앙도서관 출판예정도서목록(CIP)은 서지정보유통지원시스템 홈페이지(http://seoji.nl.go.kr)와 국가자료종합목록 구축시스템(http://kolis-net.nl.go.kr)에서 이용하실 수 있습니다.
(CIP제어번호 : CIP2019025221)

J.H CLASSIC 034

아픈 만큼 싹튼 봄빛

이주남 시집

지혜

시인의 말

'사색思索하는 자세', 이것이 나의 가장 정임무正任務.
나는 매 순간 내 감성에 열중한다. 살아있는 기막힘이 나의 시다. 그 기록의 그림이 시다.

어떤 시에 의해 내 생명의 기막히는 순간순간이 설명될 수도 없음을 뻔히 안다. 그러나 시속에 흐르는 진실한 보편성 때문에 피말려 가면서도 지끔껏 시를 쓰고 있다. 바로 이런 불꽃이 나의 시라고 볼 수 있다. 급정거를 했을 때의 몸쏠림, 이런 예기치않는 일이 일어났을 때의 경이감에 부딪치면 놀랍게도 시의 불꽃이 튄다. 이러한 체험을 뒤집어 본 것이 나의 시다. 놀라운 긴장감에 부딪칠 때 나의 시는 스파크를 일으킨다.

각자 꿈이 있고
사색思索이 있고
그걸 서로 존중하면서
함께 가꿔 온 세월 40년!
돌아보니 아름다운
날이었네
옆의 짝 소중하고
아름다운 글 친구들 소중하고
모두 고마워요!
사랑합니다!

아바abba의 '난 꿈이 하나 있어abba-I have a dream'를 들으며

2019년 여름 이주남

차 례

시인의 말 ———————————————— 5

1부 사설 시조

샀던 복권 찢어 버린다 ———————————— 12
나 지금 바람의 나라에
　　—남양주시 수동면 소재 '몽골문화촌'을 다녀와서 ——— 13
낙엽조차 아름다운 가을 ———————————— 14
누렁이무덤 ———————————————— 15
아픈 만큼 싹튼 봄빛 ————————————— 16
파가니니의 음률 ————————————— 17
조선의 핏물역사 —영화 '국제시장'을 보고나서 ——— 18
알것다, 산길 가랑잎 ———————————— 19
지구공에서 우주공으로 ———————————— 20
초록온다 —'헤세의 그림들 展'을 보고 ——————— 21
두 갈래 길 ———————————————— 23
우리들의 할머니에게
　　—역사 발물관의 '그곳에 나는 없었다'를 보고와서. —— 24
狂婦日記 —狂夫가 아닌 ———————————— 25
비발디의 '봄 ———————————————— 26

2부

동굴속 코끼리그림 —————————— 28

봄은 익어터질 거야 —————————— 29

가을 어깨겯기 —————————— 30

월경꽃 —————————— 31

상강箱降에 꽃핀다 —————————— 32

꽃파는 가게 —————————— 33

숨겨둔 꽃나무 —————————— 34

잔다 —————————— 35

알몸 뜨는 날 —————————— 37

물처럼만 사세요 —————————— 38

늦바람 샛바람 —————————— 39

사과나무와 꿈 —————————— 40

깍지낀 두 손 —————————— 41

차 한 잔 같이 한 부처님 —————————— 42

미루나무가 켜는 종 —————————— 43

내 봄밤은 —————————— 44

탐라달밤 달무리 —————————— 45

붉찔레 —————————— 46

옷을 벗는 달 —————————— 47

누가 왔길래 —————————— 48

손바닥과 발바닥의 관계 —————————— 49

가을햇살은 —————————— 50

3부

입춘立春 ——————————— 52

꽃이 될까, 재가 될까 ————— 53

방가방가 은방울꽃 —————— 54

햇살과 논다 ——————————— 55

'낙산사' 담장 돌미륵 ————— 56

애물단지 한 톨 ———————— 57

마리산 다녀오는 길 ————— 58

한 그루 나무날리기 ————— 59

흑백 사진틀속의 아버지 ——— 60

그림자 하늘로 ———————— 61

은하 別曲 ——————————— 62

셀리의 법칙sally's law ———— 63

양념밥 —톨스토이의 경우 —— 64

몸떡을 나누며 ———————— 65

푼수없는 봄흉내 —————— 66

조개구이사랑 ———————— 67

돌을 던지면 어디로 ————— 68

꽃잎갈아 시쓰기 —————— 69

귀살쩍은 날 ————————— 70

양파 역설 ——————————— 71

꽃을 일 있는 분 —————— 72

아비맘 ———————————— 73

봄, 봄 온다 ————————— 74

4부

누가 누가 말릴까 ─────── 76

파랑만년필의 노래 ─────── 77

남자는 철썩대는 발가숭잇돌 ─── 78

중국 음식점에서 내는 퀴즈 ──── 79

검정고무신 한 짝 ─────── 80

힘못 ──────────── 81

깃털 비행 ────────── 82

가을꽃 여자 ───────── 83

털보송이꽃다지 ──────── 84

불빛에 눈물 떨어지듯 ─시월 저녁 ── 85

봄날의 날개짓 ──────── 86

칸나 ──────────── 87

사랑의 눈높이 ──────── 88

냇내꽃 ──────────── 89

별자리 바꿔치기 ─────── 90

내 맛 보인다 ──────── 91

그나물에 그밥 ──────── 92

노루오줌꽃 ─'화니'의 야생화 사진전을 보고 ── 93

어느 것이 더 무거울까 ───── 94

'옥탑방 고양이' ─────── 95

해설 • '맑은 혼─꼭두의 시학' • 반경환 ───── 98

• 일러두기
  한 연이 첫 번째 행에서 시작될 때는 > 로 표시합니다.

1부

사설 시조

샀던 복권 찢어 버린다

꿈속에 아버지를 만난 날 복권샀다.

눈내린 아침나절 지나다 복권샀다. '영혼의 화가'라는 고흐 복권 판매소. 한 행의 싯줄같은 그림을 그려봤다. 복권사러 줄서있는 등굽은 할아빠들. 하는 일 살이 수준 알 수는 없지만, 삶 지탱 위해서는 발버둥 버팅갯길, 삶샛길 환히 보이는 그저런 삶도 있다. 무리져 서성이는 저사람들 어깨위에 무건 짐 그대론가 찌부러진 느낌일다.

맨첨엔 복권쪽지 짐작보다 신나는 일 더 크게 깊은 뜻이 숨었다는 새싹꿈, 오늘은 '당첨될까' 기대를 갖는 이들, 반면엔 복권 따윈 관심밖에 두는 이들. 품팔잇꾼 눈앞에선 배추잎 볼 때마다, 포돗잎 대나무잎 사임당을 볼 때마다, 삯월셋집 옥탑 안방 생각 지도 않고서는, 눈앞에 뵈는 것만 봐서는야 안 되겠다. 고흐를 떠올리며 복권 한 장 살 때 느낀, 있는 것 없는 것 사이사이 보이잖은 꿈, 오히려 뻥 뚫린 길 선명히도 그려진다.

어쩌면 시를 더 잘 쓸까, 샀던 복권 찢어 버린다.

나 지금 바람의 나라에
— 남양주시 수동면 소재 '몽골문화촌'을 다녀와서

강남갔던 제비가 돌아온다는 3월 삼짇날.

제비 대신 보랏빛제비꽃 소복소복 피었다야. 바람이 이렇쿵 주춤 저렇쿵

말 건다야. 꽃마리·솔체꽃, 송이풀·구슬붕이. 인연없이 못 자란다야. 가을싹이 돋았다야. 솜털이 가시잖은 성긴 야생이 날 옭아맨다야. 꽃속에, 가슴속 숨어 맘으로만 갈 수 있는, 빛형상 천막집을, '게르'안을 훔쳐본다야. 사랑을 녹여주는 모닥불이 타고 있고, 둘레엔 일렬로 나란히 목숨잇는. 그옛날 칭기즈칸 영광을 떠올리며, 그진리 예술 향기 무지개로 떠다니며, 사랑이 무엇일까, 무엇에 행복해할까?

시간씨앗 키우며 제무게를 못이겨서 다시 도는 수레바퀴 어디로 가야할까. 아득한 초원의 동화 가늠조차 어려운 꿈. 때로는 젖다가도 외로움에 떨다가도, 불현듯 무지개뜨는 조선땅 그려보기도 했다야.

우리들 옛서낭당 흡사한 '어워'를 세 바퀴 돌고돌아 두 손으로 합장했지야. 하찮은 물건이라도 선반위에 올려놓고 당골래라도 되는 듯한 행복한 꿈에 빠져 느끼기도 어려웠던 소중한 체험했다야.

봄햇살 눈부시게 비쳤다야. 무지개뜰을 날았다야.

낙엽조차 아름다운 가을

인사동 가는 길은 사람도 가을빛.

벽돌담 뒤덮은 담쟁이꼴도 온몸그림 그꽃그림 수놓인 수틀이 되어본다. 내 가을 네 편되어 하늘과 하나된다. 뉘 저안 있는 듯해 여린 눈빛 불도 켠다. 말없이 단풍잎들 제길날기 물었다. '이제 넌 어디로 가 무엇을 하겠니?' '나는야, 일체 자연 無爲에 맡겨졌도다.'

이젠야 나도 꼭두삶을 맑은혼에 맡길 거다.

누렁이무덤

송아지 코를 꿰어 농사짓는 마을있다.

한 뼘 땅 더 갈아엎으려 돌담쌓고 고랑일궜다. 농기계 못 들어가 쇠힘 빌어 밭을 간다. '이랴이어' '워워워' '어디로' 이까리* 탁탁! 뱃통을 북통처럼 탁탁탁 얻어맞고도, 이까리 벌려치는 매맞고도 신통하다.

어릴 적 쇠등에 올라타고 개울건넜다. 들판을 누비고는 산등을 타내렸다. 무서운 꿈을 꾸다 깨고나선 외양간들러 칡소가 푸우하고 몰아쉬는 숨소리에 무서움도 어느새 사라져 안심했다. 등록금 내느라 소팔기 전날 밤 외양간 앞에선 숨죽여 우는 소리. 아버지, 여느 소 쇠죽거리 이야기는 가슴아픈 이야기.

쇠새끼 태어나 열 달쯤 지나면 기둥에 묶어두고 발갛게 달군 쇠로 양 콧구멍 낚아채 가로질러 뚫었다. 뚫어진 콧구멍으로 코뚜레를 꿰었다. 그후엔 얼마안가 밭으로 나갔다. 코꿴소 목부러져라, 멍에를 메워서 평생을 쟁기와 써레달고 끌었다. 절룩발이 주인태운 달구지도 끌었다. 귀먹은 안주인도 누렁이 워낭소리, 삽짓걸 워낭소린 금세 알아 차렸다. 누렁이 헤친다고 농약도 안 뿌렸다.

집바깥 암누렁이 무덤 하나 고운달빛 내렸다.

* 이까리 : 고삐를 가리키는 경상도 사투리.

15

아픈 만큼 싹튼 봄빛

나 모른 사이에 내 시계 너무 낡았다.

늦처지는 시간은 내 몸살까지 더디게 하고, 그림자 그림자까지 슬몃슬몃 미끄러진다. 뒤뚱거리는 걸음걸이 삐걱거리는 공기까지, 하늘로 바다로 파랗게 사라진다. 해돋이 해시계를 눈으로 밥준다. 내 꿈 내 사랑 함께 성숙해 온 풀꽃들. 감춰온 샛바람 틈엔 수소불빛 들끓어 단풍져 들뜬 얼굴 조금씩 삭아간다. 무서워라, 불장난 긴논밭길 목걸이하고 숨졸라 말아쥔 너는 또한 꽃사슴. 살갗을 파고들어가 피를 보는 달빛이다. 기다란 꽃뱀허리 떨칠 수도 태울 수도, 그렇다, 물러가지도 타지도 않을 진한 꽃. 나는 내 꽃시계와 함께 타는 풀무통, 여름내 타는 불길 가을꽃물 쏟아 놓고,

푸성귀 돋는 날 아침 아픈 만큼 싹튼 봄빛.

* 첫시조 시집 『햇빛에 말걸기』에 수록된 작품을 개작함.

파가니니의 음률

파가니니 음악 세계 엿볼 수 있어 좋다. 도입부 장엄 연주 흘러나와 정신 버쩍 든다. 음악소리 차츰 늘어져 꾸뻑꾸뻑 졸았다. 그러다 또 장엄 연주 소리들려 또 깨어나고…. 이러기 두어 차례 연주하다 현(줄)이 끊어져 단 한 줄 바이얼린 계속 연주 놀랐다. 훌륭한 음악가를 배출한 유럽이다. 더욱 난 클래식에 향수를 느낀다. 영화 장면 마지막을 장식한 건 아리아. '나 그대만 생각해, 내 사랑' 달디달다. 선율과 가사가 날 젊은날로 당겨놓는다. 정말 정말 음악신이 내려준 행복이다.

'음악으로 숨쉬는 사람'은 숙명이다. 음악을 살다가 음악으로 마친 사람, 그것도 불후 명작 남기고 떠난 사람. 너무나 강렬해서 아직 내겐 여운남았다. 지금껏 그미련을 떨치지 못하고 있다. 어쩌다 내 귀에 익은 '베니스의 사육제' 들려올 그때매중 나 모르게 흥분됐다. 가라앉히지 못해서 박수라도 치고싶다. 충동이 일어나서 소리라도 지르고싶다.

파가니니, 악마의 바이얼리니스트. '니콜로 파가니니' 비운의 파가니니, 그삶을 그렸을 뿐아니라 그어느날 사랑얘기, 파가니니 음율속에 고스란히 담고있다.

샤롯이 파가니니에게 다그쳐 물어봤다. '파가니니 그대는 어떤빛깔 사람일까?' 묻는 말 파가니니 서슴잖고 대답했다.

'나는야 음악으로 숨쉬는 바로 그런 사람이다.'

조선의 핏물역사
― 영화 '국제시장'을 보고나서

저남쪽 항구 도시 부산과는 상관없다. 그리운 국제 시장 무대로 깐 영화다.

이영화 보기위해 느지막히 찾아갔다. 한창나이 철모르고 미니에 후레아코트에, 옷자락 펄럭이며 쏘다녔던 젊은날.

맨몸으로 넘어와서 갖은고생 이겨냈다. 고생찬 7·80대 따라지들 한 마디씩, 본 중엔 볼만한 영화 추천하고 싶은 영화. 흥남부두 철수 난장, 서독의 갱도 사고, 베트남 폭파 현장, 너무나도 사실적. 이산 가족 비비는 장면 언제봐도 가슴 뭉클. 조선의 핏줄역사, 경험없는 새끼라도 볼만한 영화라서 두고두고 꺼내 볼 영화다. 여전히 흐린 내일 꿈꿀 수 있다는 건, 거저로 얻은 공짜는 절대로 아니로다.

지난 일 질겅질겅 되씹으며 돌아들 왔느니, 아무리 지름길일망정, 10리길도 첫걸음부터….

알것다, 산길 가랑잎

산길은 가랑잎으로 융단을 깔았다.

가랑잎 느낌이 부드럽고 사랑스러워, 눈길주니 내게 와 귓속
말을 건넨다. 노랑잎 노랑말씀을, 빨강잎은 빨강말씀을, 가랑소
리 한 잎 한 잎 노랫말 실려있어, 그사연 한 잎씩을 다려서 새겨
본다.

한여름 진초록빛 물들였던 숲속가락, 글읽는 나뭇그늘 가람
매미 사랑가사, 온누리 바둑판째 벌려놓고 장군멍군, 날 보고 하
늘이치로 고름매란 말씀일다.

무슨 빛깔 옷해입고 새철맞이 해야는가, 어떤 빛깔 가랑잎 지
으면서 잠이 들지, 끝자락녘 꼬부랑길은 어디메로 내얄지를.

알것다, 山門에 홀로 선 알몸, 가랑불에 사타릴 열었다.

지구공에서 우주공으로

지구공 변해가고 그속도 빠르다.

5대양 6대주 사람들이 똑같이 시간맞춰 똑같은 것 보는 사회 되었다. 지구공 1초 생활권 변해가고 있을 때 내 중심 모든 것 돼서는 안된다. 이웃나라, 세상 모두 섬기고 섬기는 새삶을 생활화하는 울타리로 변해야지.

땀흘려 수고한 것 그댓가도 받았지. 무언갈 얻었으면 하는 일도 버리잖고, 혼자 산 세상 아니라 같이 사는 사회니까. 나보다 나은 사람 못난 사람 있고간에 못난이 있으면, 잘난이 어디라도 있겠지. 실제로 벤치마킹 잘되겠단 생각보다 나눔삶 중요하지, 과거의 삶보다는 사는 게 아니라 미래를 짜나가야 하겠지. 섬긴 삶 평가받아내 땀댓가를 받겠지.

우주공 미래 지향적 지구촌으로 변해간다.

초록온다
― '헤세의 그림들 展'을 보고

'보리죽을 떠먹든 맛있는 빵을 먹든
누더기를 걸치든 보석을 칭칭 감든'*
목숨이 붙어있는 한은
좋은세상 살만해.

젊은날 읽은 소설 '싯다르타' 그림전, 원본을 와서보니 정말로
반갑구나. 아름다운 문체와 섬세한 묘사로 온세상 사랑받아 빛
나는 헬만헤세. 20세기 초반의 독일을 대표하는 진짜배기 소설
가에 사랑받는 시인이다. 신학자 가문에서 태어나 열세 살 때,
전통따라 라틴어 학교에 가 입학하고, 이듬해 마울브론 신학교
문고릴 잡자마자 개성에 눈을 뜨며 시인꿈을 꾸게 됐다. 꿈꾸길
시작하자 신학교 그만두고, 책읽기 좋은 환경 서점 점원되었다
가 공장에도 나가보고 이곳저곳 전전하며 시쓰고 글을 읽는 문
학 수업 골고루했다. '싯디르타' 읽으면 바쥬데바 사공과 새끼뱃
사공 하던 일 아직도 기억 난다. 첫시집 '낭만적인 노래'가 릴케
눈에 들어 그때부터 돋보이기 시작했단 이말 있어, 헷세에겐 아
주아주 빛나는 일이 됐다.
　동서양 음악에다 문학까지 통틀어도 세계의 최고 지성 찬탄받
을 '유리알 유희', '데미안' 그만큼은 감명받지 못했어도, 수채화
'눈덮인 계곡' '티치오 루가노 호수'…여기서 갓태어난 샘물 초록

물빛 하늘이다.

* 헤르만 헤세의「romantische Lieder(행복해 진다는 것)」시의 일부….

두 갈래 길

'숲속엔 두 갈래나 오솔길이 나있고, 사람들이 적게 지나다닌
그런길을 택했다.

그선택이 내 모든 걸 바꾸어 놓았다.'*

숲으로 이어지는 두 갈래 길을 보고, 자신이 살아온 삶살일 떠
올린다. 삶살인 선택따라 이리저리 흘러간다. 어렵지만 좋은 결
과 얻으려는 사람들도, 노력없이 요행만을 바라는 사람있다. 하
지만 노력없인 얻은 것 다 떠난다. 어려워도 노력하는 길을 선택
해야 하는 것. 후회가 남잖도록 신중히 생각하고, 꾸준히 노력하
면 쌓은 실력 효과본다. 결단코 한순간에 사라지는 법 절대없다.
두 갈랫길 기로에서 더 나은길 걷기 위해, 아침저녁 시시때때 노
력해야 하느니.

그래야, 어떤 길 어떤 문을 두드려 열까를 알게 된다.

* 프로스트가 실의에 빠진 20대 중반에 쓴 시 「가지않는 길」에서….

우리들의 할머니에게
— 역사 발물관의 '그곳에 나는 없었다'를 보고와서.

몇 번을 볼 때마다 슬프디슬픈 역사갈피.

눈귀로 보고듣고 몸으로 겪은 불길, 위안부 부정하는 일본엔 이리도 분개한다.

'경복궁'서 바라 본 인왕산은 아름답다. 이나라 잘 지켜내 전해 줄 근력있다.

박물관 나설 때는야, 굳은비가 내린다.

샛바림 매서운 바람은 내 옷깃 파고들고… 꽃다운 이승 영혼 달래며 발걸음을

옮긴다.

* 제2수는 종장 3중첩 시조임.

狂婦日記
― 狂夫가 아닌

머리끈 질끈매고 갱도를 찍는다.

새빨간 알몸으로 갱목 대신 버팅기며, 곡갱이 높이들고 땅굴 벽을 꽂아댄다.

조만간 보일 듯 나올 듯 말 듯도 하고, 흰비단 검은 황금 짱짱 뽑아올릴 것같다.

서말씩 밭은 기침뱉으며

앵초꽃을 피웠느니.

비발디의 '봄

막대기 하나로도 지휘자는 기분냈다.

북채를 휘둘러 나른한 봄 패대두고, 졸린 넋 멱살잡고 바다볕
을 건졌다. 온몸피 몰린 막대엔 달빛이 터졌다. 해깝한 제비나비
초록소리 날리는 손끝. 떨린다, 봄바람 불어와 온몸 떨린다. 온
몸이 죄여와 파란 불꽃 날아간다. 비발디 바람잡이 최면에 걸렸
다.

모두들 깨어났다, 들판으로 끌려갔다. 제비꼬리 어울리는, 봄
보리 어우러진. 그이랑 어깰 추슬러 옆구릴 움켜쥐며. 두렁에 피
었다간 꽃다지로 떨었다.

참새도 떼를지어 허수아비 눈을 쪼며, 고랑마다 날렵하게 뛰
내리기 한창놀이. 코앞에 날아든 봄그림 한 장 그려냈다. 서답돌
방망이질 팡팡애기 빨래꿈도, 홍두깨 다 좋아라, 소리소문 다 좋
다야.

미친 봄, 꽃이불 꿈속일까, 카라얀*도 깜빡 속는.

* 카라얀 : Herbert Von Karajan. 베를린 필히모니 관현악단 지휘자 이름.

2부

동굴속 코끼리그림

달나라 사람살고 있었지러, 다녀왔어.
초롱불도 밤새워 해뜰 때까중 켰지러.
달님도 윙크했다네,
입 쩍 벌려, 보름이나.

돌부처 한 번 웃음에
폭삭앉는 모래성무지,
깜빡할 사이마다 한 번씩 내려앉는
머릿속 소리통속에서
새로운 해가 뜬다.

봄은 익어터질 거야

햇살을 받치고 선 나뭇가지 위로는
산당화 한 가쟁이 달랑얹혀 있다야.

누구를 위해서 탱주撑主가 돼준다는 거
한 목숨 목숨줄을 던져주는 거이다야.

버짐핀 버팀말목위엔
연분홍봄이 터질 거다야.

* 엇시조에 종장 중첩 시조임.

가을 어깨겯기

노을진 뒤 새하얀 하늘밭 귀서리에
오지랖 바늘끝을 꽂으시던 어머니,
맵짜운 사람되라며 한 뜸 두 뜸 호였다.

두렁 걸친 논밭위에 등을 뉘인 햇살들
또렷이 눈을 뜨는 꽃맹아릴 보았다.
서녁산
비알밭길을 걸어도 보았다.

초롱불 눈밝히던 가을사랑 열매 하나
허공에 달아둔 채 익혀내진 못했지만,
이제사
늦바람을 말려
어깨 겯고 볼까 한다.

월경꽃

노을이나 바람이나 숱하게 스쳤지.
드러난 갯벌위에 새들도 모였다.
월경꽃 사라진 서녘하늘 그믐바다 별하늘.

그옛날 어깨곁고 들렀던 갯벌여관.
서로 간 속읽어내던 아랫목도 있을지.
저안팎 널 감아돌이던, 반딧불이 꽃별여관.

상강箱降에 꽃핀다

바람이 볼기짝을 빈손으로 치고있다.
풀뿌리 한 낱까중 벗어보지 못하도록
불침이 뽑힌 햇빛들도
으시시 떨고있다.

해지고 캄캄할 적엔
옷을 벗고 눈뜰 때
자고난 바람들도 하야니 부서진다.
햇빛도 삭아 날아다닌 소리
한아빌 그러안는 소리.

바깥과 一切內姦
그리움도 향기롭다.
가을닢들 외로운 밤엔
갈무린 안다릴 뻗어
한창꿈, 피지도 못한 꿈
무서리별밤 펼쳐본다.

꽃파는 가게

미스 정인가 하다가
마네킹을 바라본다.

사는 일 다 그런가 봐
시쓰는 것도 그렇다는.

아픔도 스스로 달래면서
어루만질 일이로다.

낯익은 가게앞에선
가짜배긴 진짜로 알 일이로다.

* 종장 중첩 시조.

숨겨둔 꽃나무

한밤엔 바람소리에
등불을 켠다.
쌍심지 돋우었다, 흔들리는 바람으로
4방을 헤맨다해도
들키잖은 그림자.

낯설은 불꽃 하나
켜고돌아 일렁인다.

앞선잠을 따르면 아픈말겹 몇 마디꿈
아득한 겨울눈발이 꽃가지에 내린다

반눈뜬 꽃송이를 꺾어들자 흔들린다.
한밤엔 제각기 아껴두고 싶은 단꿈
꽃대궁 꿈자리맡에 꽂고
환한 꽃불 켜겠다.

잔다

1. 싹눈잎 진다

궁에 든 그림자
질경이불 피는 밤에,

매화뜨락 봄빛앓이
버선발 달빛밤에,

꽃나무, 싹눈잎 지는가,
바람꽃 걸린 뒤뜰엔.

2. 짐빛싹 진다

감돌아 눕는 잠
굽굽이 돌아든 잠,

더 건질 아무 것도
더 헹굴 것도 없는 돛잠.

>

설쳐서

바튼불꿈 깊이

뼈대끼리의 참숯잠.

* 첫시조 시집 『햇빛에 말걸기』에 수록된 시조 「빛물받아 끊이기. 1~·4」한 편을 「잔
  다 · 1」,「잔다 · 2」로 개작해 독립 연작 시조로 만듦.

알몸 뜨는 날

알몸은 또 한 알 아침이슬 간직한 일
꽃잎 쏟던 꽃가지 죄다휘어 품은 일
그 뉜가 천불나게 기다렸다,
솟는 별로 뜨는가.
노루꿈을 꾸었나, 겁많은 뒷걸음질
바람은 내 전생 들길에서 만난 앵초
꽃춤을 추다 깨어나 보니,
백일百日 적 알몸뜬다.

물처럼만 사세요

사람들 하나둘씩 강둑으로 모여든다.
자리를 펴고앉아 물빛에 젖어본다.
물가에 홀로앉은 저사람
무슨 그림 그리나.

난날을 펼쳐낼까, 내일모렐 그릴건가.
강물은 속살대며 두 말없이 낳은다.
'잘난척 번쩍대지말고 물처럼만 살라지.'

늦바람 샛바람

사리살짝 몰래몰래 바람피워 봤는가.
개도 지나가다 쳐다보잖을 나이에
남풍은 답답한 구멍을 뚫어주어 좋은 거다.

하늘은 맹 맑았고, 혁명은 들키잖았다.
피우고 싶었던 바람들만 아는 바람
내 정작 꽃피운 이 알 수 없어 샛바람을 쏘인다.

사과나무와 꿈

사과나무 꽃필 때까지
제몸 누워 잘 수 없다.

밑둥이 잘려지고나면
꽃핀 가지 설 수 있다.

애당초 씨알이 영글 때
만유인력 꽃폈으랴.

나비꽃 봄빛따라 향기도 제법이다.
땡볕살 여름내내 초록빛 익은 단내
혀끝에 스친 향내라도
바람앞엔 이슬비다.

살아서 붉게 벋은 가지
별꽃 매단 곧은가지.

* 종장 중첩 시조.

40

깍지낀 두 손

젊은톱 늙은톱이 액자속 걸려있다.
어느 손 내 손일까, 물음앞에 섬짓한
손사래 내저어뵈지만
정말 고운 부채다.

캔 맥주 따마시던 기숙사 초년시절
재클린 그려붙여 속가슴 들떴던 톱,
한자리 모아놓은 그림, 깍지낀 두 주먹질.

차 한 잔 같이 한 부처님

山菊香 차 한 잔에 달빛이 그리워
꽃잎차 마알간 꿈 달고시고 맵고 쓴
대여섯 골고루 우린 갈래향
별빛조차 쓴 사랑차.

산떨기 한 송이에 참맛을 내는 이
눈웃음 잠재워 줄 참한 벗 있으면야

차 한 잔 같이 할 부처님
또 왔으면 좋겠다.

미루나무가 켜는 종

길밝힌 미루나무 두 그루 서있다.
햇쑥은 밭두던에 잔잔히 피어나고
겨우내 아린맘 걸러내
초록빛 켠 이파리.

봄꿈단 밑둥아린 윤기를 풀어낸다.
卍햇살 아삼삼해
반눈뜬 채 벙근 몸매
바람만 스쳐지나도 바튼숨결 내뿜는다.

봄이 그린 알몸미루 눈시울 시려온다.
그루들 눈켠 길목 굽굽이 돌아봐도
초인종 새소리 겹쳐
초록종도 우는가.

내 봄밤은

꽃동네 4월은
목련가지끝 오르며
속옷을 하나하나씩 벗어선 던지고
흰속살 빛부시게도 들어내고 있었다.

누가 감히 가까이 서보랴, 살결햇살
소리소문 없이도 숨어들어 살폈다.
맨등살 꽃잎 비비며
부풀어가고 있었다.

마당가 서성일 적 알 수 없는 목마름
젊은 날 여위었던 내 나무 가쁜 숨결
단 한 번
꽃향으로 터뜨려주던
내 봄밤은 밝았다.

탐라달밤 달무리

허옇게 허옇게
바다가 흔들려
흰거품 연기뿜으며
달려오고 달려가
물에서 타오르는 꿈을 하늘 '天'에 그린다.

저 파도 갯벌에다 바다가 묻어둔
그것 다 진주싸움
꿈결에 털어내고
혼자춤 버리고나서 이랑춤을 추고있다.

첫사랑
허이연 모래벌 팽개친 채
낮햇살 부끄러워
아무데나 나뒹굴어
나 혼자 알몸 벗어부친
탐라달밤 달무리.

붉찔레

말씀을 나누다보는
붓꽃되고 싶었네.
날보고 얼간이라 손가락질 해도 좋다.

날개를
비벼봐도 좋을까,
붉찔레꽃잎 흐르네.

민찔레는 발가벗겨 가시를 버힌다.
울타리 외비늘로 기어오르는 봄빛꽃뱀.

나날이
허튼셈 치르고도
아흐야, 저혼불.

옷을 벗는 달

동이물 흰이맛박 흘러내린다, 수줍은 초사흘달.

시 한 편 읊어본들 뉘 알까? 꽃잎젖네.

고양이
빤히 보는 새
개구리꼬리 돋았네.

찻잔이 뒤집어졌다, 바로 서 채워졌다.
바람은 얼굴없는 그림자만 그려낸다.
나무는 입술로 말한다,
이슬꽃이 어리면.

누가 왔길래

못난 꽃 하나없다,
향기대로, 모양대로.
반은 웃고, 반은 우는, 풀꽃들 납작코울음.
참 예쁜
낯모르는 들꽃
난 네게로 끌려간다.

내 고갱이 너와 나 겹쳐잠긴 날에는
또 누가 겹쳤길래 피었던 꽃은 지는지

예쁜꽃
낯모르게 핀 꽃
옷고름 또한 날린다

손바닥과 발바닥의 관계

그 뉘 손 붙들고도 발 아니라 말 못한다.

손들이 손질했을 가능성은 발이 알고
발들이 짓밟을 가능성도
손바닥은 알고 있다.

손바닥은 아무것도 아니란 생각든다.
아무렴,
살아가기 어려운 건 발바닥.
될수록 있는 대로
뒷줄을 잘 대고는
꼬리는 잡지 말고
덜미를 잡아야지.

얼마를 더 속여야 하나,
얼마 더를 비벼대야….

누구든 뒷덜미를 잡히면 볼장은 다 본다.

* 엇시조+종장 중첩 시조.

가을햇살은

빛은 언제부터 어둠안에 살았던가.
안개꽃 가득핀 보랏빛 눈이 부셔
메마른
날개죽지 휘저으며
절룩대고 있을까.

갈피속 숨을 죽인 보물 지도 펴들고
달려왔다 쫓기듯 떠나려는 북풍일까.

빛바래 얼도 없이 봄빛
개나리꽃으로 피어날까.

3부

입춘立春

눈뜨고 사는 일이 아름다워 두렵다.
사람을 만날 일은 두근거려 더 두렵다.
한 걸음 두 걸음씩 조신조신하지만,
두렵기는 봄빛같다.

두렵긴 두렵지만 잎 필 날은 모를 나이
밖에선 흰눈발 좋은 때라 합니다만
잎눈이 터져봐야만 눈뜰거라, 눈을 떠.

꽃이 될까, 재가 될까

능소화 꽃송이를 수놓은 바람길에
화톳불 속불씨가 살아났다, 재가 될까.
강파른 어깨너머로 타오르는 '마를렌느*'

발자국 소리 들려오는가,
꽃잎넓게 벌린 꽃.
화톳불 불씨살아 불났다, 꽃필까.
가뭄에 하늘을 태우며
화들짝 피고있다.

* 마들렌느 : 릴리마들렌드, 대학로 뒷길에 있는 시인 이재하 씨가 연 카페이름.

방가방가* 은방울꽃

들추면 보일 듯한
저 느려터진 년
급하면 말을 해,
군둥내나는 년.

멀리선
더욱 방가방가
숨겨놓은 망할년.

* 방가방가 : '반가워'를 뜻하는 말. 인터넷에서 주로 쓰는 말.

햇살과 논다

숲속의 꽃나무가 새울음을 켜다가
꽃잎을 말아올려 분당장을 시작한다,
꽃울음 알아듣는 이들만 꽃입술에 입맞춘다.

'낙산사' 담장 돌미륵

담벼락 새겨박힌 '낙산사' 돌미륵님.
달덩이 햇덩이도 벼락걸려 쐬쐬한 날
담벼락
바깥머슴 별채아씨 알섞음
미륵 혼자 웃는다.

애물단지 한 톨

잘 살까 싶은 거 애물단지,
붉은아픔.
적동백 시름시름에 흙거름 먹여심어

꽃봉도 살가피새 꿰인 거
귀쫑긋 세웠다.

마리산* 다녀오는 길

갯벌은 질벅밭
안그런척 웃음밴 뫼
원초적 ᄆ리산에
흰이마는 ᄒ얼빡.

물길은
묏길따라 흘러감긴
천리 만리 하늘깃.

* ᄆ리산:강화 소재. 단군 천제가 하늘에 제사를 지내던 산. '마니산'이 아니라, '머리'라
는 옛말 뜻의 '마리'산이 맞는 말.

한 그루 나무날리기

잎떨린 텃밭 빈곳
목마른 나물 심는다.
붙들기, 혹은 눈먼새 한 마리 날리기.

아픈 톱
별빛으로 슬리면서
가만히 날아오른다.

흑백 사진틀속의 아버지

빛바랜 흑백 사진
정수리에 점선 동그라미
한겨울 뜨건 눈길엔 연꽃대궁 뽑는다.

바늘꽃
우담바라꽃도
가슴팍에 슬었다.

그림자 하늘로

작은 연못 水蓮 두엇
물머금하고 떠있다.

가지틈새 엿뵌 하늘
모시적삼 가린 속살.

그림자 죽지 펼치는
달빛향이 오른다.

은하 別曲

층층꽃 겹겹시꽃
반짝향 달빛이랑
새하얀 동정깃에
떨어진 초록눈물.

어머니, 나지막이 불러보면
은하물결 반디불이.

셀리의 법칙sally's law*

아프다 멈칫멈칫 울어대는 신음소리
蛙蛙대는 그소리에 꼬이고 되엉켰다.

강물도 닥달치다 메말라
무덤속까지 비웠다.

* 영화 '해리가 셀리를 만났을 때'에서 주인공이 맡은 역으로, 엎어지고넘어져도 결국 해
  피엔딩으로 끝난다.

양념밥
— 톨스토이의 경우

두 살에 어머니를 잃고
아홉 살에 아버지마저 잃어
친척집 들며나며 '눈칫밥'만 먹고자라,

눈물로 삼킨 눈칫밥
대문호의 양념밥.

몸떡을 나누며

컴퓨터 '사랑이란?'
명품 중 풋사랑,

'아직은 몰라야, 그래도 몰라야.'
저렇든 볼이 부어 눈밖난 사과 한 알
속적삼 뒤집어놓고 홍치말 또 뒤집는가.

몸떡은
빨강햇살 한 쪽,
살짝 맛본 이쁜죄.

* 엇시조+종장 중첩 시조.

푼수없는 봄흥내

사랑할 일밖에는, 애달픔 쏟을 밖엔.
꽃쌈을 감쪽같이 해먹는 초록밤에.
속불내
속엣불 다 타버린
황홀한 불티싸움.

조개구이사랑

맨살로 튀어오른 바둑돌 섞음소리,
춤추는 고년들 좀 봐
가랑이 벌어진.

나는야
먹힐 수 있는 건
맛있는 생살뿐.

돌을 던지면 어디로

사기 經 '논어' 읽다, 논어입술 달고살던
앞대가리 쑥
뒷다리네 쑥
착한 말 남엣말.

베풀일 뭐가 있겠나, 주머닐 뒤져봐.
입벙긋 머리통 목탁친,
다 거짓말
침 안 바른.

* 종장 중첩 시조.

꽃잎갈아 시쓰기

날리는 꽃잎갈아 시쓰기,
향기도 없이
물알갱이 타닥 튀기는
뜬뗏목 붓삼았다.

반달눈 쪽달배 띄운다,
마파람에 게눈 감추 듯.

귀살쩍은 날

더 깊이 빠지는 늪이 내사, 내사 좋다,
빠져선 허우적대며 해 못봐도 좋느니.

불붙은 꽃나뭇가지끝
화끈대는 꼬리뼈.

양파 역설

뱔뱔꼰 배알따윈 엿볼 수 없었다네.
빈속을 후벼봐도 오늘 맹 그대로네.

괜찮다, 속보이지않아도
말 안해도 괜찮다.

꽂을 일 있는 분

성매매
불법이니, 은밀히 연락해요.

적발 시 처자까지
부모도 욕먹어요.

나온 거
'남한 산성' 팔팔 억 8천
맘에 드셔?
바로 와요.

아비맘

남몰래 소리내 울 곳 찾는 정글 빗발
틀린 줄 알면서도 푸른숲 매듭푸는.

옥죄는
아픈 둥근맘
일그러져 꽃핀다.

봄, 봄 온다

꽃길로 온다.
너는
날마다 온다.
한 점 바람
꽃잎도
구기지 않고,
날마다
새벽길로
너는야 온다.

귀신도
뒷전 물려두고
귀양 사는 날에.

4부

누가 누가 말릴까

동짓달 귓불나자 능청도 부린다.
놀부네 각시손 밥주걱에 붙은 밥풀,

징검돌
왔다리갔다리 제기차듯 차댄다.

파랑만년필의 노래

서랍속 '몽블랑'은
코브라 하얀 삽날.

말거품
콩팔칠팔*
난바다
콩팔칠팔.

필필필
말아올린 생모시
참새부리 울음모시.

* 콩팔칠팔:갈피를 잡을 수 없이 함부로 지껄이는 품새.

남자는 철썩대는 발가숭잇돌

혼자서 왕따되어 바닷가로 쫓겨왔네,
눈물받이 궂은날
물새는 울어울어.

닳고도
닳아버린 발가숭잇돌,
비린 혀가
물고왔네.

중국 음식점에서 내는 퀴즈

손오공이 사오정에게 영어 퀴즈를 던졌다.
'호랑이는 타이거고, 사자는 라이언이지.'
'그러면 만두는 뭐라고 하지?'
'만두는 서비스 잖아.'

검정고무신 한 짝

꽃으로 태어나지, 웬 고무신 한 짝인가.
꺼먼 놈 본색인가,
달 못 채운 일곱달배긴가.

급하면 확 싸버리지,
왕따라도 당할 년.

힘못

베란더 꽃들은야 꿈이다, 아니야. 금이다. 은이다, 흰빛깔 아
픔이다.

난 몰라, 정수리 와박히는
쫀득한 힘못이다.

* 제2시조 시집『오하이오에서 며칠을』에 수록된「힘의 날개」를 개작함.

깃털 비행

노루오줌 찔금찔금 자린고비로 지리고
개불알꽃 질세로다 망태길 덜렁 흔들
깃털은
谷神이 아니라도
두들마*로 날았다.

* 두들마 : 언덕마을. 둔덕마을.

가을꽃 여자

달빛도 가을께는 동백꽃잎으로 졌느니.
귀빠진 보름여자
쥐불난 달그림자.

볼기짝 씨아틀던 아랫녘
꿈에 볼긘 궁자리.

털보송이꽃다지

꽃다지 3남 5녀 고만고만한 개구쟁이
철딱서니 읎다읎어, 빈입만 다시니께.

살곰히
분친 아지맬 살펴봐도,
털보송이 꽃다지.

불빛에 눈물 떨어지듯
― 시월 저녁

텅 빈 문간 건불잎이 꿈결을 스칠 때
뱀허물이 날릴 때
불빛켜는 저 소리는.

풀잎위 듣는 빗소리
저 빗소리에
불빛켠.

봄날의 날개짓

한겨울 눈길주면 연꽃도 피어난다.
한봄쯤 연못위에 까치발 떼어놓고,

황새도 낯설잖은 양지마을
깃털가는 나래짓.

칸나

핏덩일 배알으면, 빨간 열꽃이
해벌린 고것의 흐느끼는 소리.

풀헤친 비녓머리는 꼭 미친년 그것같다.

사랑의 눈높이

들으니, 금빛소리
주룩주룩 내리는,

그물친 꽃방에서
은비를 마시고 싶다.

샐녘꿈 물들이는 꽃향은
울엄매의 눈높이별향.

냇내꽃

샛바람 불어치면 불꽃들은 눕는다.
밤안개 베를 짜는 바람들의 꽃이다.

엉덩일 솟구쳐 널부러지면
촉틀 수는 있것다.

별자리 바꿔치기

밑자리 새싹튼 아랫목엔 꽃대궁
꼭지틔워 피우고, 구멍구멍 맺혔지만,

산벼랑 별돌멩이 날아와
뿌리째 뽑혔지.

내 맛 보인다

앞산이 멀어지면
뒷산이 날아온다.
바람도 업신여긴 초사나흘
그런다지.

날아간 보름날 실웃음빛,
해오름에 오른다.

그나물에 그밥

향연기 온몸감아
꽃말씀도 걸려든다.

눈빛도 타오르는
그입술 그콧등에,

꽃나무 눈물송이에 꽃핀다,
입김서린 곤지꽃.

눈물꽃 그나물에 그밥이다,
비벼봤자 연지꽃.

* 종장 중첩 시조.

노루오줌꽃
— '화니'의 야생화 사진전을 보고

꽃들은 왜 예뻐서
이름조차 노루오줌,

노루오줌 특별한 꽃
오늘도 사진으로 본다.

궁둥이
밀어대 멈춘 꽃
냄새는 고약해.

어느 것이 더 무거울까

어느 것이 더 무거울까?
종소리와 슬픔 중에서.

어느 것이 더 덧없을까?
만발한 봄꽃들과 젊음 중에서.

어느 게 더욱더 깊을까?
바다속과 마음속.

'옥탑방 고양이'

염병할 고양이년, 하늘할킨 고양이년,
귀도 잘라 수염도, 꼬리도 잘라,
원없이
사타구니에 싸가지고 가거라,
고양아, 고양아.

'맑은 혼—꼭두의 시학'

반경환 『애지』 주간 · 철학예술가

'맑은 혼–꼭두의 시학'

반경환 『애지』 주간 · 철학예술가

이주남 시인은 대구에서 태어났고, 경북여고와 이화여대 영
문과를 졸업했다. 1986년 《동아일보》 신춘문예로 등단했고,
『햇빛에 말걸기』, 『오하이오에서 며칠을』 등의 시집을 출간했으
며, '제2회 월간문학 동리상'과 '제32회 한국현대시인상', '소월
문학상 본상' 등을 수상했다. 『아픈 만큼 싹튼 봄빛』은 그의 네
번째 시집이며, 『아픈 만큼 싹튼 봄빛』은 영원히 젊은 노시인의
'자연철학'의 소산이라고 할 수가 있다. 자연철학은 노자의 '무
위사상'과 만나고, 이 '무위사상'은 만악의 근원인 욕망을 버림
으로써 인간의 철학으로 이어진다. 인간의 철학은 너와 나의 만
남, 즉 우리 모두의 만남으로 이어지고, 우리 모두의 만남은 이
세상의 삶의 찬가로 울려 퍼진다.

인사동 가는 길은 사람도 가을빛.

벽돌담 뒤덮은 담쟁이꼴도 온몸그림 그꽃그림 수놓인 수틀이
되어본다. 내 가을 네 편되어 하늘과 하나된다. 뉘 저안 있는 듯
해 여린 눈빛 불도 켠다. 말없이 단풍잎들 제길날기 물었다. '이
제 넌 어디로 가 무엇을 하겠니?' '나는야, 일체 자연 無爲에 맡
겨졌도다.'

　　이젠야 나도 꼭두삶을 맑은혼에 맡길 거다.
　　— 「낙엽조차 아름다운 가을」 전문

　인사동 가는 길은 사람도 가을빛이고, 벽돌담 뒤덮은 담쟁이
꼴도 온몸그림의 수틀같다. 나의 가을은 너의 하늘과도 하나가
되고, 네가 담안에 있는 듯해 여린 눈빛도 불을 켠다. "이제 넌
어디로 가 무엇을 하겠니?"라는 물음에는 "나는야, 일체 자연
無爲에 맡겨졌도다"라고 대답한다. 한 뿌리에서 태어나 하나의
몸으로 살아왔던 단풍잎들조차도 자기 스스로 제 갈길로 떠나
가는 것이 자연의 이치이듯이, 이제는 "나도 꼭두삶을 맑은 혼
에 맡"긴 것이다. 이때의 꼭두는 허깨비, 또는 이 세상의 일반인
들을 뜻할 수도 있고, 다른 한편, 어떤 것의 정수리나 꼭대기를
뜻한다는 점에서 노년에 이른 시인의 삶을 뜻할 수도 있다. 아무
튼, 어쨌든, 시인은 자기 자신의 삶을 맑은 혼에 맡긴 것이고, 이
맑은 혼은 '무위자연의 진수'에 해당된다고 할 수가 있다. 단풍
잎은 아름답고, 아름다운 것은 맑은 혼이고, 이 맑은 혼으로 이
주남 시인은 사람과 사람이 모여사는 인사동으로 간다.
　이주남 시인의 맑은 혼은 무위자연의 진수이며, '꼭두의 시학'

이고, 그 물질적 토대는 자연철학이라고 할 수가 있다. 물은 물이고, 산은 산이다. 담쟁이는 담쟁이이고, 시인은 시인이다. 모두가 제각각 자기 스스로의 삶을 살면서도 이 '하나'들이 모여서 '우리'를 이루고,

나 모른 사이에 내 시계 너무 낡았다.

늦처지는 시간은 내 몸살까지 더디게 하고, 그림자 그림자까지 슬몃슬몃 미끄러진다. 뒤뚱거리는 걸음걸이 삐걱거리는 공기까지, 하늘로 바다로 파랗게 사라진다. 해돋이 해시계를 눈으로 밥준다. 내 꿈 내 사랑 함께 성숙해 온 풀꽃들. 감춰온 샛바람틈엔 수소불빛 들끓어 단풍져 들뜬 얼굴 조금씩 삭아간다. 무서워라, 불장난 긴논밭길 목걸이하고 숨졸라 말아쥔 너는 또한 꽃사슴. 살갗을 파고들어가 피를 보는 달빛이다. 기다란 꽃뱀허리 떨칠 수도 태울 수도, 그렇다, 물러가지도 타지도 않을 진한 꽃. 나는 내 꽃시계와 함께 타는 풀무통, 여름내 타는 불길 가을 꽃물 쏟아 놓고,

푸성귀 돋는 날 아침 아픈 만큼 싹튼 봄빛.

이라는, 「아픈 만큼 싹튼 봄빛」으로 이 세상을 아름답고 풍요롭게 가꾸어 나간다.

나 모르는 사이에 내 시계가 너무 낡았고, 늦처지는 시간은 내 몸살까지 더디게 한다. 그림자의 그림자까지도 슬몃슬몃 미끄

러지고, "뒤뚱거리는 걸음걸이"와 "삐걱거리는 공기까지, 하늘로 바다로 파랗게 사라진다." 하지만, 그러나 해돋이 해시계를 눈으로 밥 주고, "내 꿈 내 사랑 함께 성숙해 온 풀꽃들"이 "푸성귀 돋는 날 아침 아픈 만큼 싹튼 봄빛"으로 피어난다. 단풍은 왜 아름답게 물드는가? 모든 것을 내려놓기 때문이다. 맑은 혼은 왜 맑은 혼으로 피어나는가? 모든 것을 내려놓기 때문이다. 내려놓음은 아픔이며, 욕망의 비움이고, 욕망의 비움은 사랑이며, 사회적 실천인 것이다. 욕망의 비움은 자기 성찰이고 반성이며, 반성은 새로운 인간으로의 탄생이다.

꿈속에 아버지를 만난 날 복권샀다.

눈내린 아침나절 지나다 복권샀다. '영혼의 화가'라는 고흐 복권 판매소. 한 행의 싯줄같은 그림을 그려봤다. 복권사러 줄서 있는 등굽은 할아빠들. 하는 일 살이 수준 알 수는 없지만, 삶지탱 위해서는 발버둥 버팅갯길, 사는 길 환히 보이는 그저런 삶도 있다. 무리져 서성이는 저사람들 어깨위에 무건 짐 그대론가 찌부러진 느낌이다.

맨첨엔 복권쪽지 짐작보다 신나는 일 더 크게 깊은 뜻이 숨었다는 새싹꿈, 오늘은 '당첨될까' 기대를 갖는 이들, 반면엔 복권 따윈 관심밖에 두는 이들. 품팔잇꾼 눈앞에서 배추잎을 볼 때마다, 포돗잎 대나무잎 사임당을 볼 때마다. 월셋집 옥탑 안방 생각지도 않고서는, 눈앞에 뵈는 것만 봐서는야 안 되겠다. 고흐를 떠올리며 복권 한 장 살 때 느낀, 있는 것 없는 것 사이사이 보이잖은 꿈, 오히려 뻥 뚫린 길 선명히도 그려진다.

어쩌면 시를 더 잘 쓸까, 샀던 복권 찢어 버린다.
— 「샀던 복권 찢어 버린다」 전문

셰익스피어의 「존왕」에는 "이득利得아 네가 내 상전이다"이라
는 대사가 있다. 눈앞의 이익을 위해서는 친구도 없고, 부모형
제도 없다. 우군과 동맹군도 없고, 왕과 신하 사이의 위계질서
도 없다. 돈만 있으면 허리를 굽힐 일도 없고, 어렵고 힘든 노동
을 할 필요도 없다. 먹고 사는 것도 걱정할 필요가 없고, 그 모든
것을 자유롭게 선택할 수도 있고, 약속을 파기하거나 배신의 뒤
통수를 칠 수도 있다. 돈 있고 사람이 있지, 사람 있고 돈 있는 것
이 아니다. 돈은 명예이고, 권력이고, 그 모든 것이다. 꿈속에서
아버지를 만나고 눈 내린 아침나절, 시인은 복권을 산다. 복권을
사러가다가 교통사고로 죽을 확률이 더 높지, 복권에 당첨될 확
률은 거의 없다고 한다. '영혼의 화가'라는 고흐의 복권판매소,
그토록 어렵고 가난하게 살며 오직 그림만을 그리다가 비명횡사
한 고흐의 이름을 붙인 복권판매소라니, 이것은 세기말적인 추
태이자 자본주의 사회의 광기라고 할 수가 있다. 아무튼 복권은
일확천금의 상징이고, 시인 역시도 이 일확천금의 행운에 눈이
어두워 복권을 샀지만, 그러나 복권 사러 줄서있는 등급은 할아
빠들과 삶을 지탱하기 위해서 발버둥치는 사람들과, 그 반대방
향에서, 복권 당첨에는 관심조차도 잃어버린 채, "포돗잎 대나
무잎 사임당"의 지폐를 위해서 품팔이 하는 사람들을 생각하며

그 복권을 찢어버린다. 돈 많은 부자들은 절대로 복권을 사지 않지만, 돈 없는 사람들이 대부분 복권을 산다. 복권이란 돈 없는 사람들의 호주머니를 털어서 자본의 배를 살찌우는 사기행위이며, 만악의 근원인 탐욕의 진수라고 할 수가 있다. 이러한 자본의 법칙, 즉, 이 탐욕의 진수를 알아차리고 시인은 자기 자신을 반성하며, "어쩌면 시를 더 잘 쓸까"라고 그 행운의 복권을 찢어버렸던 것이다.

베란더 꽃들은야 꿈이다, 아니야, 금이다, 은이다, 흰빛깔 아
픔이다.

난 몰라, 정수리 와박히는
쫀득한 힘못이다.
── 「힘못」 전문

층층꽃 겹접시꽃
반짝향 달빛이랑
새하얀 동정깃에
떨어진 초록눈물.
어머니, 나지막이 불러보면
은하물결 반디불이.
── 「은하 別曲」 전문

두 살에 어머니를 잃고

아홉 살에 아버지마저 잃어

친척집 돌며돌며 '눈칫밥'만 먹고자라,

눈물로 삼킨 눈칫밥

대문호의 양념밥.

— 「양념밥 —톨스토이의 경우」 전문

　시는 「누렁이무덤」의 아버지이고, 시는 「은하別曲」의 어머니
이고, 시는 "난 몰라, 정수리 와 박히는/ 쫀득한" 「힘못」이다. 딸
아이 등록금 내느라 소 팔기 전날 밤 숨죽여 울던 아버지, 멍에
를 메워서 평생을 쟁기와 써레를 끌고 다녔던 아버지, 절룩발이
주인을 태웠던 소 같았던 아버지, 이 아버지는 "바늘꽃/ 우담바
라꽃"(「흑백사진틀 속의 아버지」)이 되었고, 우리들의 어머니는
"새하얀 동정깃에/ 떨어진 초록눈물", 즉, "은하물결의 반디불"
이 되었고, 시인은 "두 살에 어머니를 잃고/ 아홉 살에 아버지마
저 잃어/ 친척집 돌며돌며 눈칫밥"을 먹고 자랐지만, 그 눈칫밥
을 양념밥으로 승화시킨 톨스토이같은 시인이 되었다.
　시는 '맑은 혼'으로 쓰는 '꼭두의 시학'이며, 이 세상에 대한 삶
의 찬가이다. 이주남 시인은 그토록 어렵고 힘든 삶을 살면서도
"베란더 꽃들은야 꿈이다, 아니야. 금이다, 은이다, 흰빛깔 아픔
이다"라는 「힘못」처럼 살았던 아버지와 어머니는 물론, 수많은
농노와 소작농들을 다 해방시키고 그들과 함께 살며 아름답고
거룩한 인문주의, 즉, '사랑의 철학'을 실천했던 톨스토이를 떠
올리며, 앵초꽃 피운 아낙들(「狂婦日記」), 일본군 위안부(「우리

들의 할머니에게」), 「조선의 핏물역사」, 우리 한국인들의 민족
시조인 단군(「마리산 다녀오는 길」)을 생각해본다.

　머리끈 질끈매고 갱도를 찍는다.

　새빨간 알몸으로 갱목 대신 버팅기며, 곡갱이 높이들고 땅굴
벽을 꽂아댄다.
　조만간 보일 듯 나올 듯 말 듯도 하고, 흰비단 검은 황금 짱짱
뽑아올릴 것 같다.

　서말씩 너말씩 받은 기침뱉으며
　앵초꽃을 피웠느니.
　　―「狂婦日記 ―狂夫가 아닌」 전문

　몇 번을 볼 때마다 슬프디슬픈 역사갈피.
　눈귀로 보고듣고 몸으로 겪은 불길, 위안부 부정하는 일본엔
이리도 분개한다.

　'경복궁'서 바라 본 인왕산은 아름답다. 이 나라 잘 지켜내 전
해 줄 근력있다.
　박물관 나설 때는야, 굿은비가 내린다.
　샛바람 매서운 바람은 내 옷깃 파고들고… 꽃다운 이승 영혼
달래며 발걸음을 옮긴다.
　　―「우리들의 할머니에게 ―역사 발물관의 '그곳에 나는 없었다'를 보고와서」 전문

가난의 문화는 없다. 가난은 생존만이 최고인 삶이며, 이 가난은 흉년이나 척박한 땅 이외에도 이민족의 침략으로부터 그 모든 것을 다 빼앗겨버린 역사적 사건 때문일 수도 있다. 일제 식민치하의 36년, 8·15 해방과 동족상잔의 남북전쟁, 이 외침과 전쟁의 소용돌이 속에서 우리들의 어머니는 앵초꽃같은 광부의 삶을 살 수밖에 없었던 것이다. 새빨간 알몸으로 갱목 대신 버팅기며 곡갱이 높이 들고 땅굴벽을 팠다. 흰 비단과 검은 황금이 짱짱하게 쏟아져 나올 것도 같았지만, 그러나 "서말씩 너말씩 밭은 기침뱉으며" 홍자색의 앵초꽃을 피웠을 뿐이다. 앵초꽃은 일본군의 위안부이자 우리들의 어머니이기도 하고, 「조선의 핏물역사」는 모든 우리들의 아버지와 할아버지의 역사와도 정확하게 일치한다.

저남쪽 항구 도시 부산과는 상관없다. 그리운 국제 시장 무대로 깐 영화다.

이 영화 보기위해 느지막히 찾아갔다. 한창나이 철모르고 미니에 후레아코트에, 옷자락 펄럭이며 쏘다녔던 젊은날.

맨몸으로 넘어와서 갖은 고생 이겨냈다. 고생찬 7·80대 따라지들 한 마디씩, 본 중엔 볼만한 영화 추천하고 싶은 영화. 흥남부두 철수 난장, 서독의 갱도 사고, 베트남 폭파 현장, 너무나도 사실적. 이산 가족 비비는 장면 언제봐도 가슴 뭉클. 조선의 핏줄역사, 경험없는 새끼라도 볼만한 영화라서 두고두고 꺼내 볼 영화다. 여전히 흐린 내일 꿈꿀 수 있다는 건, 거저로 얻은 공짜는 절대로 아니로다.

지난 일 질겅질겅 되씹으며 돌아들 왔느니, 아무리 지름길일

망정, 10리길도 첫걸음부터….

— 「조선의 핏물역사 —영화 '국제 시장'을 보고나서」 전문

흥남 부두 철수 난장, 부산에서의 피난민의 생활과 서독의 광

부, 서독에서의 갱도의 사고와 베트남 전쟁의 폭파현장 등. 한

마디로 우리들의 아버지와 할아버지도 3·8 따라지의 별 볼일 없

는 신세를 면할 수가 없었던 것이며, 하지만, 그러나 그 앵초꽃

같은 삶을 꽃 피워왔던 것이다. 영화 국제시장도 그토록 험한 세

월을 이겨낸 앵초꽃이고, 위안부 할머니들도, 우리들의 아버지

와 어머니도, 그토록 험한 세월을 이겨낸 앵초꽃이다. 반성은 성

찰이고, 성찰은 앵초꽃이고, 앵초꽃은 사랑의 꽃이다. '나'를 버

리니까 '네'가 보이고, '네'가 보이니까 '우리'가 보인다. 민심과

국력을 결집시킬 수 있는 우리—. 이주남 시인은 '역사박물관'을

나서면서, "경복궁서 바라 본 인왕산은 아름답다. 이 나라 잘 지

켜내 전해 줄 근력있다"며, "꽃다운 이승 영혼 달래며 발걸음을/

옮긴다."

'나'에게서 '너'에게로, '너'에게서 '우리'로의 '존재론적 여행'은

갯벌은 질벅밭

안 그런척 웃음밴 산

원초적 ㅁ 리산에

흰이마는 흔 얼빡.

물길은

뭇길따라 흘러감긴

천리 만리 하늘깃.

* 무리산:강화 소재. 단군 천제가 하늘에 제사를 지내던 산. '마니산'

   이 아니라, '머리'라는 옛말 뜻의 '마리'산이 맞는 말.

   — 「마리산* 다녀오는 길」 전문

이라는 「마리산 다녀오는 길」에서처럼, 우리 한국인들의 민족시
조인 단군에 대한 숭배사상으로 이어지고, 이 민족주의는 '홍익
인간弘益人間'이라는 주체성을 통해서,

지구공 변해가고 그 속도 빠르다.

5대양 6대주 사람들이 똑같이 시간맞춰 똑같은 것 보는 사회
되었다. 지구공 1초 생활권 변해가고 있을 때 내 중심 모든 것 돼
서는 안 된다. 이웃나라, 세상 모두 섬기고 섬기는 새삶을 생활
화하는 울타리로 변해야지.

땀흘려 수고한 것 그 댓가도 받았지. 무언갈 얻었으면 하는 일
도 버리잖고, 혼자 산 세상 아니라 같이 사는 사회니까. 나보다
나은 사람 못난 사람 있고간에 못난이 있으면, 잘난이 어디라도
있겠지, 실제로 벤치마킹 잘되겠단 생각보다 나눔삶 중요하지,
과거의 삶보다는 사는 게 아니라 미래를 짜나가야 하겠지. 섬긴

삶 평가받아내 땀댓가를 받겠지.

　　우주공 미래 지향적 지구촌으로 변해간다.

라는 「지구공에서 우주공으로」이라는 시에서처럼 '5대양 6대주 사람들'을 향한 '나눔삶', 즉, 만인평등과 만인행복의 삶으로 이어진다.

　시인은 언어의 사제이며, 언어는 우리들의 정신의 양식이다. 우리는 언어 속에서 태어났고, 언어의 밥을 먹으며, 언어를 통해서 죽어간다. 시인은 언어를 갈고 닦는 사람이며, 시인이 있기 때문에, 우리들의 영혼이 맑아진다. 맑은 혼은 무위사상의 진수이며, 이 무위사상은 물이 흐르듯 자연철학으로 승화된다. 나를 버리니까 네가 나타나고, 네가 나타나니까 우리가 되고, 우리가 되니까, 그 모든 아픔을 다 잊고, 우리 한국인들의 민족시조인 단군천제를 찾아가게 된다. "원초적 ᄆ리산에/ 흰이마는 ᄒᆫ얼빡// 물길은/ 묏길따라 흘러감긴/ 천리 만리 하늘깃"이라는 시구는 우리 한국인들과 우리 대한민국의 영원성을 뜻하고, 마리산은 단군천제가 하늘에 제사를 지내던 거룩하고 성스러운 산을 뜻한다. 홍익인간은 모든 사람들을 다 끌어안는 사랑의 화신이며, 인의예지仁義禮智가 결합된 미래의 인간을 뜻한다.

　단군천제가 주창한 홍익인간은 '5대양 6대주 사람들'을 다 불러모으고, 이 사랑의 힘으로 모든 지구촌을 단 1초의 생활권으로 만들었다. 시인은 가장 힘이 세고, 시인은 가장 빠르고, 이제는 이 지구촌을 벗어나 우주 전체로 그 성스러운 홍익인간의 말씀을 전파하게 되었다. "내 중심 모든 것 돼서는 안 된다"는 것, 이웃나라, 이 세상 모두 섬기는 새삶을 사는 사랑의 터전을 만들어야 한다는 것, 부유하거나 가난하거나, 잘났거나 못났거나 간에, 그 어떤 차별도 없이 '나눔삶'이 가장 중요하다는 것이 「지구공에서 우주공으로」의 시적 전언이라고 할 수가 있다. 만인의 평등과 만인의 행복으로 우리 홍익인간들의 미래는 지구공에서 우주공으로 변해가지 않으면 안 된다.

시는 인간의 위로와 인간 찬양의 최고급의 예술이라고 할 수가 있다. 모든 욕망을 버려야 하니까 자연의 순리에 따른 무위사상이 필요하고, 무위사상을 터득했으니까, 타인을 포용하는 인간의 철학이 필요하고, 인간의 철학을 터득했으니까 자기 자신과 자기 자신이 속한 언어와 국가의 장벽을 뛰어넘은 우주공동체의 일원으로서의 사랑의 실천이 필요하다.

아픈 만큼 싹튼 봄빛, 육십을 넘어 칠순을 넘어 그 싹을 틔운 봄빛, 만인의 평등과 만인의 행복이 싹 트는 봄빛—, 홍익인간과 맑은 혼—, 이주남 시인의 시세계는 이 세상의 삶의 황홀이자 '꼭두의 시학'이라고 할 수가 있다.

이 세상에서 가장 아름다운 것은 붉디 붉은 노을이고, 이 세상에서 가장 행복한 것은 영원히 젊은 '노년의 행복'이라고 할 수가 있다.

이주남 시인의 「알것다, 산길 가랑잎」과 「힘못」에 대하여

반경환 애지 『주간』 · 철학예술가

알것다, 산길 가랑잎

이주남

산길은 가랑잎으로 융단을 깔았다.

가랑잎 느낌이 부드럽고 사랑스러워, 눈길주니 내게 와 귓속말을 건넨다. 노랑잎 노랑말씀을, 빨강잎은 빨강말씀을, 가랑소리 한 잎 한 잎 노랫말 실려있어, 그 사연 한 잎씩을 다려서 새겨본다.

한여름 진초록빛 물들였던 숲속가락, 글읽는 나뭇그늘 가람매미 사랑가사, 온누리 바둑판째 벌여놓고 장군멍군, 날 보고 하늘 이치로 고름매란 말씀이다.

무슨 빛깔 옷해입고 새철맞이 해야하는가, 어떤 빛깔 가랑잎

지으면서 잠이 들지, 끝자락녘 꼬부랑길은 어디메로 내얄지를.

알것다. 山門에 홀로 선 알몸, 가랑볕에 사타릴 열었다.

시조는 양반중심의 문학이고, 초장, 중장, 종장의 형식을 중요시 하고, 사설시조는 서민중심의 문학이며, 자유로운 형식을 중요시 한다. 오늘날은 시조가 문학의 변방으로 밀려났고, 이제는 시조를 쓰는 시인들마저도 대부분이 자유로운 형식을 선호한다. 시조와 사설시조를 구분하는 방법은 시조는 아주 짧고 간결하며 대부분이 시인의 내면의 독백에 머물 때가 많지만, 사설시조는 기승전결의 극적인 구조를 통하여 그 이야기를 전개시켜 나가고 있다는 점일 것이다. 우리 말과 우리 말가락으로 언어의 유희를 통해 풍자와 해학을 선보일 수도 있고, 이 세상의 삶을 옹호하고 찬양하는 찬가를 선보일 수도 있다. 언어영역의 확대는 세계영역의 확대이며, 세계영역의 확대는 자아의 발전사가 세계의 형성사가 될 수도 있다. 언어는 그 주체자와 민족의 생명이며, 자기 민족의 언어를 얼마나 아름답고 풍요롭게 발전시켰느냐에 따라서 그 민족과 국가의 흥망성쇠를 알 수가 있는 것이다. 언어는 세계를 창조하고, 언어는 우주를 창조한다. 언어는 수많은 동식물과 별들을 창조하고, 언어는 모든 가치를 창조하며, 모든 가치들을 전복시킨다. 언어는 사랑과 미움을 창출해내고, 언어는 명령하는 자와 복종하는 자의 서열제도를 창출해낸다. 시인의 사명은 언어를 갈고 닦는 것이며, 이 언어를 통해서 전통과 역사는 물론, 우리 한국어의 영광과 우리 한국인들의 영광을 창출해내는 것이다. 시인은 모국어 속에서만 존재할 수 있으며, 이러한 점에서 있어서 한국문학의 정수인 시조의 중요성은 더욱더 크다고 하지 않을 수가 없다.

이주남 시인은 「낙엽조차 아름다운 가을」, 「아픈 만큼 싹튼 봄빛」, 「힘못」, 「은하 別曲」, 「狂婦日記」, 「우리들의 할머니에게」, 「조선의 핏물역사」, 「마리산 다녀오는 길」 등을 통해서 우리 말과 우리 말가락의 아름다움을 선보인 바가 있지만, 나는 또다시 이주남 시인의 「알것다, 산길 가랑잎」을 읽으면서, 우리 말과 우리 말가락의 아름다움에 재삼―재사 감탄을 쏟아내지 않을 수가 없었다. 언어를 갈고 닦는 절차탁마의 시인 정신의 승리이며, 이 고통의 생산성을 통해서 그 어느 누구도 흉내낼 수 없는 한국어의 아름다움의 승리라고 할 수가 있다. 바슐라르의 말대로, 세계의 열림이고, 세계로의 초대이며, 그토록 아름답고 멋진 감동의 무대라고 하지 않을 수가 없다.

시는 시인을 위해서 가랑잎으로 융단을 깔았다. 가랑잎은 느낌이 부드럽고 사랑스럽고, 가랑잎들은 저마다 시인에게 다가와 귓속말을 건넨다. 노랑잎은 노랑말씀을, 빨강잎은 빨강말씀을 전하고, 가랑소리 한 잎 한 잎에는 그 사연이 있어 시인은 그 말씀들을, 그 노래들을 곱씹어 다시 생각해 본다. 한여름 진초록빛 물들였던 숲속가락이고, 글 읽는 나뭇그늘 가람매미 사랑가사를 노래했던 숲속가락이다. 온누리를 바둑판째(장기판째) 벌여놓고 장군멍군, 시인을 보고 하늘이치로 옷고름을 매라고 한다. 노랑잎, 빨강잎, 산길 가랑잎 속에서 새해 무슨 빛깔 옷 해입고, 새철을 맞이해야 하며, 인생의 끝자락녘, 그 꼬부랑길은 어디로 내야할 지가 이 산책의 중심 과제라고 할 수가 있다.

　　알것다. 山門에 홀로 선 알몸, 가랑불에 사타릴 열었다.

　이주남 시인의 「알것다, 산길 가랑잎」은 사물과의 대화이며 자연과의 대화이고, 아름답고 멋진 우주와의 대화이다.
　산문에 홀로 선 알몸은 모든 것을 다 비운다는 것이고, 가랑불에 사타릴 열었다는 것은 대자연의 자궁이 열리듯이, 그 모든 것을 다 받아들인다는 것이다.
　알몸은 비운다는 것이고, 비운다는 것은 산길 가랑잎처럼 수많은 당신들을 위해 사랑의 융단을 깐다는 것이다.
　「알것다, 산길 가랑잎」은 언어의 승리이고, 이주남 시인의 세계로의 초대가 언어의 융단으로 깔린 것이다.

힘못

이주남

베란더 꽃들은야 꿈이다. 아니야. 금이다. 은이다. 흰빛깔 아
픔이다.

난 몰라. 정수리 와 박히는
쫀득한 힘못이다.

이주남 시인의 『아픈 만큼 싹튼 봄빛』은 언어의 금강산이며,
이 언어의 아름다움이 그토록 절묘한 일만이천봉으로 빛난다고
하지 않을 수가 없다. 사시사철 그 풍경이 다르고, 온갖 동식물
들이 다 살고 있으며, 그는 시를 쓰는 시인이 아니라, 아름다운
명시 자체의 삶을 살고 있는 것인지도 모른다. 인간이 아닌 풍
경, 풍경이 아닌 명시 자체의 삶─. 너무나도 아름다워 온몸에
전율이 돋아나고, 그 어떠한 숨소리조차도 소음으로 들리는 삶
이 우리 말과 우리 말의 가락으로 울려 퍼지고 있는 것이다. 악
마에게 영혼을 팔고 음악으로 숨 쉬는 니콜로 파가니니(「파가니
니의 음률」)도 살아있고, "두 살에 어머니를 잃고/ 아홉 살에 아
버지마저 잃어/ 친척집 돌며돌며" "눈물로 삼킨 눈칫밥"을 "대
문호의 양념밥"(「양념밥」)으로 승화시킨 톨스토이도 살아있다.
막대기 하나로도 지휘자가 되었던 「비발디의 봄」도 살아있고,
젊은 날 그토록 실의에 빠져있던 로버트 프로스트의 「두 갈래

길」도 살아있고, 자기 스스로 서점점원과 공장노동자의 생활을 하며, 20세기의 최고의 작가가 되었던 헤르만 헷세도 살아있다 (「초록온다」). 명시의 토대는 천하의 금강산이고, 그 넓은 옷자락에는 모든 천재와 예술가들이 다 몰려온다.

아름다움은 만국의 공통언어이고, 이 아름다움은 니콜로 파가니니, 톨스토이, 비발디, 로버트 프로스트, 헤르만 헷세처럼 제도권의 획일주의를 벗어나 온갖 만고풍상을 다 겪으면서도, 그러나 오직 한눈 팔지 않고 자기 자신의 길만을 걸어갔던 예술가들의 피와 땀, 아니, 그들의 붉디 붉은 피의 언어라고 하지 않을 수가 없다. 언어가 있고 인간이 있는 것이 아니라, 인간이 있고 언어가 있는 것이다. 인간이 자연을 찬양하지 않고, 자연이 명시의 아름다움을 찬양하고 숭배한다. 베란더꽃들(명시들)은 꿈이고, 금이고, 은이고, 베란더꽃들은 파가니니이고, 톨스토이이고, 이주남 시인이다. 베란더꽃들은 비발디이고, 로버트 프로스트이고, 흰빛깔의 아픔이다. 오오, 흰빛깔의 아픔이 꽃으로 피어나다니, 그것은 놀라움이자 기적이 아닐 수가 없다. 이 놀라움-기적 앞에서, '난 몰라'라는 반어가 자연스럽게 튀어나오지만, 그러나 이 반어는 "정수리 와 박히는/ 쫀득한 힘못"처럼, 그 어떠한 말보다도 더 강한 절대 긍정의 말이라고 할 수가 있다.

이주남 시인의 「힘못」은 순수한 우리 말, 즉, 가장 기본적인 말들로, 베란더꽃들-꿈-금-은-흰빛깔의 아픔-정수리-쫀득한 힘못 등의 고산영봉을 이루고, 이 상징적이고 함축적인 이미지들에 의해서 다양한 의미와 그 메아리들이 울려퍼진다. 꽃은 꿈이고, 꿈은 금은이고, 꽃은 흰빛깔의 아픔이다. 흰 빛깔의 아픔은 정수리에 와 박히는 힘못이고, 힘못은 새시대의 서막을 알리는 베란더의 꽃들이다. '쫀득하다'는 씹히는 맛이 차지고 탄력성이 있다는 뜻이지만, 그러나 정수리에 와 박히는 힘못을 생각할 때, 새시대에 새로운 깃발을 꽂는 그 희열과 그 기쁨의 미적 감각이라고 할 수가 있다.

명시─꽃들은 흰빛깔의 아픔이고, 흰빛깔의 아픔은 정수리(꼭대기)에 와 박히는 새시대의 깃발이다. 명시─꽃들은 고통으로 꽃 피고, 모든 꽃들은 언제, 어느 때나 새롭다. 꽃은 힘못이고, 힘못은 아버지이다. 아버지는 언어의 창시자이자 종족의 창시자이며, 이 아버지의 힘못으로 베란더의 꽃들은 그토록 아름답고 예쁜 금은으로 꽃 피어난다.

모든 명시, 모든 꽃들은 힘못이다. 오늘도, 지금 이 순간에도, 우리들의 정수리에서 꽃이 피고, 이 꽃의 힘으로 역사의 수레바퀴는 그 발걸음을 멈추지 않는다.

옛세대는 가고, 새세대가 태어난다. 새세대는 가고, 또다른 새세대가 꽃 피어난다.

꽃은 아픔이고, 아픔은 힘못이고, 힘못은 천지창조의 꽃이다.

이주남 시집

아픈 만큼 싹튼 봄빛

발 행   2019년 7월 10일
지 은 이   이주남
펴 낸 이   반송림
편집디자인 김지호
펴 낸 곳   도서출판 지혜 • 계간시전문지 애지
기획위원 반경환 이형권 황정산
주소 34624 대전광역시 동구 태전로 57, 2층 도서출판 지혜 (삼성동)
전화 042-625-1140
팩스 042-627-1140
전자우편 ejisarang@hanmail.net
애지카페 cafe.daum.net/ejiliterature

ISBN : 979-11-5728-356-9 03810
값 10,000원

이주남

이주남 시인은 대구에서 태어났고, 이화여대 영문학과 및 홍익대 대학원 박사과
정을 졸업하고 portland State University 수학. 논문집『T. S. Eliot의 몰개
성 이론과 실재』외 다수, 1986년《동아일보》신춘문예로 등단했고,『햇빛에 말
걸기』,『오하이오에서 며칠을』등의 시집과 동시집『뭐라구요, 오늘이 토요일이
라구요?』, 역서·장편서사시『오메르스』공역 외. 한국시문학상, 월간문학동리
상, 한국현대시인상등을 수상했다. (전)이대동창문인회회장 및 한국시조시협
부이사장. 강남대 영문과 교수역임.

이메일 : jnlhee@hanmail.net